어머니의 향기

어머니의 향기

김선옥 시조집

태학사

'어머니'라는 말만 들어도 눈물이 앞을 가립니다. 당신의 피로 만들어져 이 세상에 나왔고 당신의 사랑으로 자라면서, 나는 평생토록 당신의 이름을 '엄마'라고 불렀습니다. 기쁘거나 슬프거나 '엄마'는 나에게 언제나 성스럽게 자리 잡고 있는 감탄사입니다. 약국 조제실 앞에 당신의 초상을 받들고, 하루에도 수십 번씩 불러보는 이름입니다.

당신께서 내보이시는 사랑의 향기는 사뭇 매화처럼 강인하고 라일락처럼 짙었습니다. 당신께선 결코 만만치 않은 삶을 참으로 당당하게 사셨습니다. 길 없는 허허벌판의 숫눈길을 밟아 길을 내듯 살아낸 당신이 얼마나 대견스러운지 새삼 깨닫게 되었습니다.

당신께서 살아 계실 때 한 번도 내놓지 못한 말이 있습니다. "엄마 사랑해"란 말을 이제야 낮은 소리로 거듭 내밀어 봅니다. 그렇게 거듭된 그 낮은 소리를 모아 이제야 시조집 하나를 엮게 되었습니다.

이 시조집을 『어머니의 향기』라고 이름 붙였지만, 모든 작품들이 어머니를 주제로 삼은 것은 아닙니다. 그렇지만 작품을 이루고 있는 감정은 전부 어머니로부터 받은 것이기에, 모두가 어머니의 숨결로 지어낸 것이라고 할 수 있을 것입니다.

소박한 작품들이지만, 이 세상을 모성母性처럼 포근하게 만들려는 사람들과 마음을 나누려 했습니다. 시詩·시조時調가 사람을 생기 있게 만들고 세상을 구할 수 있다고, 굳게 믿는 분들의 격려와 지도를 간절히 바랍니다.

곁에서 평생을 아껴준 남편에게 우선 고마운 마음을 갖게 됩니다. 이 첫 시조집을 하늘에서 음덕을 내려주시는 아버님과 어머님께 삼가 바칩니다. 저에게 늘 힘을 보태주시는 정종진 교수님께 깊은 감사와 존경의 뜻을 전하며 저를 아껴주시는 주위 분들께, 그리고 첫 작품집을 정성스럽게 출간해주신 태학사 지현구 사장님께도 감사하는 마음을 전합니다.

2016년 1월 겨울
우암산 기슭의 둥지에서
우주 김 선 옥

■ 차례

제2부 따뜻한 가슴 정

제3부 우주의 사랑 노래

제4부 개신동 화음

1부

봄맞이

어머니의 쪽

창포물에 머리 감고
아주까리기름 발라

까맣고 부드러운
곱게 빗은 머릿결

마음 밭
여인의 향취
물씬 풍겨 오누나

시리도록 저려오는
가리마 길 빗질하는

천둥번개 세월 담아
비녀 꽂고 가다듬어

천년 거듭
천년을 두고
삭힌 곳곳 결이 곱다

춘하추동 피고지고

팔십 상수 가물 가물한 날

반딧불이로 시름 꿰는
옛이야기 물결이여

달빛에
은구슬 굴려
은하수로 빛난다

탯줄

서늘한 가을 문턱 까치가 넘나드네
북녘의 하늘에도 둥지 찾는 새 한 마리

엉겅퀴
철창 담 어르면서
넘나드는 남북인사

그리움의 몸짓으로 회오리를 바로잡아
한라에서 백두까지 청사초롱 이어 지네

숨소리
쾌히 고르면서
핏줄 잡는 이산가족

그날도 반도깃발 받쳐 들고 입장하네
몸을 비벼 주춧돌로 쌓아올린 우주탑이

비로소
빙벽을 뚫고
우뚝하게 솟아나네

뜨거운 이야기도 한 타래의 실 뭉치도
둥근달 바라보며 빗장 풀고 밀려오네

겹겹이
손에 손 잡고
체온으로 반기리라

연가

지그시 눈을 감고 바람줄 따라가면
몸과 마음 시달려온 파도소리 들으며

가파른
일월의 발자국
구릉으로 빨려든다

민들레 꽃씨가 하염없이 날아가
눈시울이 젖어드는 언덕배기 오르면

어느 듯
뿌리 내리고
그 자리에 피는가

노을이 빗기면서 어둠이 스멀스멀
눈부신 별을 헤며 출렁이는 은하수

오지랖
넓은 눈빛으로
너나의 별을 빚자

그리움

오순도순 뒤뜰 대숲

거듭 거닐고 싶은 이 밤

하늘 향해 별을 헤며

은하수 옛 이야기

어머니
포근한 손길 따라
꿈나라로 걸어간다

목련

살포시
가지 위에
학의 몸짓
눈부시네

온갖 시름
보듬으며
미소 짓고
춤을 추네

온누리
일깨우는
봄의 향기
천사여

어머니 사랑합니다

온 우주를 들석일듯 당신의 그 큰 뜻
시계추가 울고 가는 바람같은 삶이지만

오로지
두 손 꼭 움켜쥐고
온몸으로 보듬어 온 그 사랑

쏟아지는 햇살처럼 영원히 한결같은
푸른 숨결 별을 헤며 아우르는 365일

한평생
가슴속 깊이
당신을 사랑합니다

장미

애태우네
설레이네
누굴 위해
불태우나

반짝이는
햇살 속에
그 눈빛
바튼 숨결

부비며
흔들리고 속삭이며
부딪치고
사랑은.

일월日月

일월의 매서운 밤을
바튼 숨결 고르면서

하늘을 우러르는
그리움의 그 순수

설레고
포근한 그 눈빛
달빛 받아 웃고 있다

봄맞이

봄맞이꽃
개별꽃
민들레꽃
제비꽃

나즉히
온누리에
꽃망울
터뜨리어

화사한
눈빛으로
사랑을
속삭이네

조팝나무
병꽃나무
다래나무
산벚나무

켜켜이

등불처럼
산허리를
감싸면

새 하늘
고운 빛으로
봄꽃 맞이
향연이네

달맞이꽃

해를 품은 밝은 꽃은
달을 보며 웃고 있네

아스라한 산기슭에
바윗덩이 무게만큼

님의 뜻
가슴에 품고져
세월 깊은 그 눈빛

노오란 삶의 절벽
바람에 서걱인다

부푼 꽃술 우뚝 솟아
외론 삶의 시름 털고

내 안에
하늘바라기로
용솟음이 번져간다

여명黎明

고단한 발자국을
밟고 가는 굽이굽이

화들짝 생동하는
여명의 빛이어라

온누리
깨어나는 소리
가슴으로 번져온다

정월대보름

어둠 먹고 뜨는 달이
온 우주를 감싸 안네

시리도록 못 이룬 꿈
오솔길 금빛 가득

봉긋한
가슴 켜켜이
일렁이는
불꽃놀이

미소예찬

방긋이
보조개 펴고
웃음 짓는 세월이여

회오리
몰아쳐도
한 발 한 발 오르면서

시린 삶
무지개로 빚어
꽃을 닮아보리라

이른 봄

자욱한
안개 사이
영롱한 빛 가득하네

눈길이
닿는 곳마다
푸른 화음 일렁이며

창밖엔
따스한 남풍이
간지럼을
피는구나

기상도氣象圖

지구의 몸부림이
폭풍우로 몰려오며

외로운 새벽길을
회오리가 열어줄 때

폐부 깊이
숨은 숨결
자맥질도 바빠지네

뼈아픈 목울음
매몰차게 할퀸 자리

산으로 곧게 서서
깃을 세워 별을 헤며

지친 몸
공들여 달래며
풀어보는 일월들

그날의 이야기가

빗살들로 쏟아지고

긴 세월 꿈을 쪼아
정을 틔어 오는 새여

비구름
서서히 걷히어
둥지 틀고 품는가

매운 뜻 짙은 향취
굽이굽이 서린 산맥

적벽가 휘모리로
횃불 밝힐 그 한 획

큰 몸짓
풋풋한 마디마다
잉태하는 숨소리

붉은 장미

들으리라
뙤약볕에
힘찬 박동
임의 모습

푸른 하늘
우러르며
붉은 입술
불꽃 이루어

그토록
목청 돋구어
빚어내는
사랑노래

보이리라
일편단심
삼팔선의
청사초롱

탯줄 잡을

소떼들이
천지 향해
걸어간다

미끈 달
꽃향기 춤사위로
누벼가는
꽃잎노래

오십여 년
하염없이
눈비 가득
흩날렸네

피 끓는
붉은 숨결
빗장 열고
칠흑 뚫어

종소리
타는 듯 맞이하는

깃을 펴는
씨앗노래

발아發芽

천둥소리 작다싶은
아픔이 일어서면

신음소리 내뱉으며
눈물이 홍수 되어

한 고비
또 한 고개가
서러움에 겨웁다

숨죽여 꿈만 꾸던
가녀린 숨통이

험상한 돌을 뚫고
황토를 가르면서

가쁜 숨
잰걸음으로
몸부림을 치는구나

비둘기 날갯짓

힘차게 차오르면

낯선 바람 눈꽃속에
햇살을 받아가며

배시시
입을 벌리며
눈 비비고 있고나

나팔꽃

뒤척이는 선잠 속을
홀로 씹어 삼키면서

거친 손끝으로
빗장 문을 활짝 열며

안개비
함초롬 젖은
은하수를
헤쳐간다

가래 끓던 바람소리
쪽빛으로 잠재우고

숨차게 달려보는
가파른 언덕길에

젖줄에
길을 당기며
발자국을
찍어간다

그날의 달빛으로
둥지를 틀어가며

탯줄을 갈라주던
어머님의 그 숨결로

오르고
또 오르면서
햇살 받아
펴리라

나무 행진곡

어두운 새벽부터
안개비 약이 되고

아침이면 햇볕 받아
살포시 눈 비비네

아기 손
뜨거운 심장
온몸으로
눈을 뜬다

피땀 흘려 하늘 아래
만인들의 쉬임터로

마음의 문을 열고
새들의 안식처로

푸르게
새소리 들으며
라온 바람
일렁인다

당차게 가을 햇살
바라보는 맑은 눈빛

벼랑 끝 가슴가슴
오색 물결 챙기면서

온 세상
베풀어온 힘
환한 웃음
빚고 있다

찔레꽃

늘상 띠는 하늘빛이
산허리에 얼비치면

산비탈 개울물 소리
사운대는 저 하늬

내 숨결
웃음꽃으로
물결 이뤄 나부끼네

쏟아지는 햇살 한 켠
정을 틔워 보이면서

그토록 짙은 향취
은밀하게 번져가는

너와 나
잰걸음으로
꿈을 펴는 하얀 세상

봄비와 나무들

보슬비 오는 곳에
나무들이 웃고 있다

겨우내 가라앉은
제 영혼 추스르며

손끝을
부비면서
일어서는
내 자국

봄 편지

오는 봄 꽃소식이
도란도란 일렁인다

흐르는 구름결도
눈빛 모은 그 시절에

어머니
장독대 다독이는
그 모습이
그립다

긴 해를 건져내는
뻐꾸기 울음으로

눈망울을 흔들면서
유년시절 달려오는

어머니
시린 손등으로
샘물 길어
일구셨네

세월의 무상함이
필름으로 감겨오고

대순 귓불 연초록 빛
하늬바람 봄기운에

어머니
그리운 목소리
다시 듣고
싶어진다

따스한 봄볕으로
아픈 자리 썻어내고

학하* 하늘 부푼 가슴
미소 지며 다가오는

어머니
당신 품안으로
맘껏 안겨
보았으면

* 학하 : 대전시 유성구 학하동(학들이 노닐든 자리라 함)

오월

따스한
햇볕 빚어
숨 가쁘게
엮는 핏줄

사운대는
둥지 헤쳐
눈을 뜨는
차림새

귀밑 볼
안택安宅*굿 펴며
머금어 웃는
울 엄마

* 안택 : 집안의 안녕을 위하여 하는 굿

양송원*良松園 진달래꽃

양송원 진달래꽃
함박웃음 짓고 있네

산까치 날개 위로
웃음 가득 전해주고

좋은 날
어머님 모습
그리움이 더하네

하늘 향해 피어 있는
고운 빛 나래 되어

오롯이 주고받는
무릉도원 화두에는

실바람
볼 부비며
분홍빛 사랑으로

구름도 친구 되어

47

송이송이 어울린다

실개천 물소리는
꽃이파리 화엄인가

내 안에
휘감는 선율
굽이굽이 품는다

* 양송원 : 충북 청원군 문의면에 있는 선산

제2부

따뜻한 가슴 정

무심천無心川 소견

흐르는 구름결도
몸살 앓고 서성이며
질척이는 아픔들이
자국마다 맺히거니

내 안에
목쉰 소리로
어둠을 뚫어 본다

오는 봄 어린 싹의
해맑은 메아리며
돋아나는 별빛 따라
푸른 바람 얼비치면

그리움
보듬어 가며
물결 꽃을 피우는가

저마다 나래 펴고
하늘 향해 나는 황새
홰를 치며 둥지 트는

청풍명월 긴 이야기

천년 꿈
숨결을 누비는
너 순백의 등뼈여

땅 끝에 이어지는
무심의 핏줄이여
우암산 꽃 물드는
새벽빛이 일어서면

한 핏줄
가슴가슴 마다
빛을 심는 물소리

우리

오늘의 눈높이로
모든 것 감싸 안는

밟히거나 치 받거나
모질게도 삭힌 나날

한평생
깊은 마음으로
그릇되어 살라한다

천지연 혈통 따라
파랗게 길을 트고

바람 불어 핥고 가도
단군의 정을 싸며

올올이
천년 꿈 모아
홰를 치며 살라한다

어둠속을 빗질하며

엮어온 꿈 다층석탑

장대비 몰아쳐도
끈질기게 다져가니

언제나
실핏줄 감도는
강물 되어 살라한다

와우산*臥牛山 소식

일월을 헤이면서
눈을 짝 감아 뜨면

방풍지를 걷어 놓는
싱그러운 마름질로

골골이
연연한 가락에
어금니를 삼켜 문다

쪽빛 무늬 무심천
눈시울로 속삭이고

너풀너풀 자라면서
주줄대는 젖먹이

긴 탯줄
휘돌아 돌며
둥지 트는 와우산

솔향기 그윽한

여명의 정상에서

산새들의 몸짓으로
뉘어보는 바람 숲

야아호
외치는 소리에
진달래가 벙긋 한다

* 와우산: 우암산의 또다른 이름이며 청주시 우암동에 있음

갑사에서

물안개 산구름을
휘감아 넘나드네

풍경소리 구슬프게
눈썹 위에 걸어놓고

무언지
우거진 자국
돌층대로 일어선다

시리도록 마음 풀어
빈 뜨락에 들어서면

지친 삶을 비우면서
눈빛 돋아 어루면서

온 숨결
덧없는 세월
두 손 모아 기원한다

물소리 새소리

합창으로 숲에 이며

서산에 금빛노을
대웅전에 불붙이고

바람 숲
하늘 우러러
아로새겨 여문다

방아다리*에서

고단한 연대 속에
사무치는 흐느낌이

방아품에 젖은 적삼
저리고 시린 상흔

하얗게 귓불
동여매고
걸어온 길 한 된 시름

피맺힌 울음으로
가슴치고 난간 비벼

고개 들어 입 깨물고
개천물도 산을 바라

긴 세월
몸서리치고
눈을 뜨는 저녁노을

움퀸 주먹 쥐는 소리

소달구지 일어선다

군살 박힌 여문바닥
굽굽이 혈맥으로

긴 탯줄
외진 다리 길에
별을 심는 물소리

* 방아다리 : 청주시 우암동에 있는 다리 명

어머니

어둠을 마시면서
끝없이 일렁이는

혼절하는 마디마다
허공 가를 기침소리

등 굽어
부딪치는 가슴 밭
사지도 뻣뻣하다

시리도록 저려오고
가리마 길 빗질하는

천둥 번개 세월 담아
비녀 꽂고 가다듬어

세월 또
세월을 두고
삭힌 곳곳 결이 곱다

춘하추동 피고 접고

팔십 상수 가물한 날

반딧불이로 시름 꿰는
옛이야기 물결이여

달빛에
은구슬 굴려
은하수로 빛난다

여읜 자락 가늠하며
임의 뜻 슬기 받아

아픈 숨결 보듬고서
총총 누벼 둥지 틀고

혈 따라
포근히 이어오는
나이테길 꽃자리길

그때, 그리움

네 부자父子가
한 몸으로
가을 뜨락
바라보며

그 날 그때
그래 맞아
한 올 한 올
세다 보면

그리움
숲으로 되어
달빛으로
은은하다

따뜻한 가슴 정情 1

학하리 양철집 앞
정원 속 모란꽃

어머니의 초상이
둥실 올라 웃음 짓네

그리움
무딘 손끝으로
잡을 수가 있다면

따뜻한 햇살에
번져가는 이 마음

새들은 한가로이
하늘을 나르고

추억은
아름다운 거야
유월의 웃음꽃

그 때, 그대 솟구치는

따뜻한 가슴 정

야슬야슬 달구고
아귀차게 피어나던

안개비
촉촉이 맞이하는
그 임의 뜰이었네

흐드러진 꽃잎들이
요요하는 유여미소

화목으로 잡아주고
휘장으로 보듬는

해마다
함박웃음으로
판소리를 부르네

따뜻한 가슴 정情 2

산사에 목어요령
은은하게 들려오고

여명의 기로에서
야울야울 타 오르면

포근히
숨결 고르는
바라스님
목탁소리

따뜻한 가슴 정情 3

일월의 매서운 밤을
바른 숨결 고르면서

하늘을 우러르는
쪽빛 그 진실함이여

향그런
그 포근한 눈빛
별빛 받아
웃고 있다

비타민

진달래꽃 이파리
화전으로 만들어

연분홍빛 예쁜 접시
담아놓고 시식하는

그 임과
오순도순
옛이야기 향긋하다

꽃잎이 담겨 있는
향그런 찻잔에

밤하늘 그대 눈빛
아롱아롱 비추면

은연히
온몸으로
사뿐사뿐 춤을 추네

가을 하늘

청자 빛 가을하늘
우러르며 바라본다

오묘하고 은밀함이
희망의 꿈 오롯하게

내 사랑
그 빛에 취해
짜릿하게 가슴 젖네

옥빛 하늘 뭉게구름
학과 사슴 그리면서

기러기 줄을 지어
수채화로 채워지면

영원한
그 설레임이
내 품속 빛이런가

어머니의 향기

살수록 가슴 한 켠
울림으로 다가오고

돌아보면 그립던 정
문득문득 당신 모습

오늘도
어머니 하고
애절하게 불러본다

아주까리 기름 발라
가리마를 곧게 타고

곱게곱게 빗어내려
가로 지른 은비녀

어여쁜
치마저고리
정아하게 나부낀다

장미꽃 함박꽃

텃밭에 푸성귀며

닳아진 뙤약 볕이
정수리를 두들겨도

오뉴월
자식 위하여
밤낮 없이 가꾼다

긴 세월 맺힌 눈물
하염없이 뿌려가며

먼 하늘 바라보고
헤어보는 저녁별

고운 님
그리움으로
아로 새겨 피어난다

잔잔한 미소 짓고
맑은 눈빛 한결같고

새파란 고향 하늘
다가가서 마주서면

모두를
동그랗게
강물로 포용한다

푸릇푸릇 일어나는
태산이 된 어머니

숨결 이는 산새 울음
빠짐없이 버무리어

동동동
굴리면서
실핏줄로 담고 있다

깊이깊이 뿌리박은
당신의 가슴 밭

한결같은 세월 앞에

성스런 그 모습이

겹겹이
감겨진 사랑 줄
한 몸으로 일어선다

티 없는 당신 모습
뻐꾹새로 날아와

한동안 밤을 새며
도란도란 삶의 벌판

아릿한
불꽃 체취로
싱그럽게 일렁인다

은은한 달빛 아래
초롱한 눈빛으로

노오란 사연 안고
주무르며 아우르며

가녀린
마음 담아
긴 타래 이어간다

치솟는 열정과
타오르는 생명으로

별빛 노래 부르면서
깊은 삶을 잉태하는

길 따라
우주를 쓸어안는
어머니의 푸른 향기

새 신발

웃는 날 비 오는 날
눈 오는 날 바람 불며

넘고 보면 또 산이요
가다 보면 길이 막혀

날망길
휘돌아 돌며
땀방울로 흥건했지

수·영·각·진·은*을 낳아
어깨동무 태권도며

바다를 꿈꾸면서
파란 하늘 바라보며

행여나
다칠세라
빌고 또 빌었노라

이리로 보면 청춘이요

저리로 보면 황혼이네

한세월 밀물 썰물
체온 조절 삐걱 빼각

밟아온
길 다지면서
새 신발을 신어본다

* '수·영·각·진·은'은 오남매이다

만수촌의 그리움

오솔길 솔잎 향기
살갗에 머무르네

만수촌 물소리는
귓전을 맴돌면서

향긋한
산딸기 웃음
일월을 보듬는다

바람에 일렁이는
나무들의 속삭임

햇살 문 스란치마
신록을 연주하네

파란 잎
서로 얼싸안고
어우러져 추스린다

속리산 자락으로

뭉게구름 수채화며

산새들 설렘으로
훠얼훠얼 비상하듯

푸르게
미소 지으며
어깨 펴고 일어선다

그 시절

녹음 짙은 숲속에서
뚜벅뚜벅 푸른 삶이

감미로운 솔향기에
그리움 적시면서

한없이
껍질 벗기며
뇌어보는
그대 모습

우거진 솔잎 사이
내려쬐는 꿈의 햇살

청정한 공간 하나
바람소리 잠잠한데

우뚝한
산허리에 젖어
잡힐 듯한
그대 타는 지평

세월 속에 일관하는
하늘 이는 그 끝에는

마른 목을 추겨가며
화음 이룬 별빛 숨결

한세월
설렘으로 감돌던
끈끈하던
그 시절

꿈

한겨울
문풍지로
스며드는
바람소리며

사각사각
일렁이는
내 안의
갈대숲이며

때로는
숨소리
고르는
맑디 맑은
계곡 물소리

꿈길
― 시조시인의 길

가슴속 깊은 곳에
숨어살던 불씨 하나

능선을 오르내리며
방황하던 벼랑 끝

숨 막힘
잰걸음 쳐도
아스라한 안개길

저 멀리 반짝이는
별빛을 바라보며

세월의 눈빛으로
키우는 꿈 보듬고서

한없이
바람 다독이며
한결같이 걷는 길

온갖 것 다 스치면서
안으로 이는 그 돌무지

시간도 잊어버린
그 세월의 계곡 속에

오늘도
새김질하며
눈 비비며 가는 길

맑은 물 별빛 초상
이 내 마음 황홀한가

함초롬 들꽃들이
털어내는 이야기들

산새들
지저귀는 곳에
꿈을 펴는 내 갈길

임

번개 치는 칠흑 속을
온몸으로 가르면서

억수로 비를 맞고
끓는 사연 삭혀가며

끝없이
달려보아도
종점 없는 지평선

천년을 하루같이
절절한 가슴으로

빗장 문 열어놓고
그리움에 서성여도

동구 밖
좁은 길목에
그림자만 누었네

저무는 해 길고 긴 밤

호롱불을 끌어 앉고

임께서 남긴 말씀
꽃으로 수를 놓아

휘모리
두르고 나면
해는 둥실 뜰 것인가

노송

하늘 우러러 바라보는
너의 모습 장하구나

몰아치는 바람에도
믿음직한 달빛 아래

푸른 꿈
일깨워 주는
웃고 있는 너의 삶

이슬 맺힌 이파리는
빛을 받아 구슬 되고

하늘 뜻 받아들고
자랑스레 우뚝 솟은

장엄한
빼어난 그 모습
숨결 이는 동양화

세월을 끌어안고

노란 송이 마주하며

산새들 날아들면
오순도순 숨결들로

사방의
메아리 소리
마음 벅찬 요람이네

2010년

사십년의 행보였다
파란 많은 싹이었다

목이 터져라 외쳐 보았지
신명나게 불러 보았지

하지만
산은 오로지
아스라이 보일뿐

설움의 나날들
검은 해일 헤치면서

갓길로만 걸어야 했던
그 날들을 뒤로 하고

이정표
바라보며
걸어가고 있었지

용광로 가슴 비집고

뿜어 나오는 그 목소리

일출의 환호성으로
땀방울 자리마다

뜨겁게
가슴속 북돋우는
뿌리 내린 2010년

바람소리

가야금
애잔한 소리
얽힌 타래
고개를 든다

유년의
날줄 씨줄
아리랑에
감겨들고

봄의 꿈
사라져 간 창공
살갗에
흩날린다

허기진 삶
곰삭히며
구름 저편
허물 벗는

밟히는

자국마다
바람 부는
외진 골에

끈질긴
심연의 늪
쉬임없이
헤쳐 본다

개울 건너
산비둘기
구석진 곳
여윈 한을

주름진 날들
영혼의 가락
밤내 줄 지어
허물 털며

살포시
쇠잔한 몸무게로

혼을 쏟는
바람 벽

별빛

보이는 듯 보이지 않는
초원 위의 새로운 꿈

장맞이로 추스르며
풀어보며 감아 봐도

안개 속
깊은 창문 저쪽에
숨소리만 가쁘네

한없이 걸어가면
닿는 곳은 어데일까

멈추면 가고 싶고
걸어가면 아득하네

발자국
재촉을 하면
아스라이 보일까

돌부리 가르면서

뿌연 허공 바라보며

방긋한 외줄기 빛
길을 찾아 눈을 뜨고

저 별빛
광야의 하늘로
헤치면서 걸어간다

노을

놀에 젖어
떨고 있는
가난한
발자국

허공 향해
지저귀는
뻐꾸기의
아픔 같은

누벼온
세월 기려
설레이는
이 시간

아버지의 기도

어릴적 철부지들
줄줄이 거느리고

햇빛 밝은 봉황산* 아래
보금자리 차리시고

등줄기
휘어지도록
그 아픔 달래면서

별빛 고운 밤하늘에
은은하게 눈짓 주는

봉황들이 머문 자리
오남매 미소 짓네

손 모아
아버지의 삼매경
저 산 넘어 달이 뜰까

섬세한 그 성격에는

우리들 다 품에 모으고

허리띠 조여 매는
가파른 그대 능선

일어서
종소리 들으며
뜬눈으로 꽃자리를

* 봉황산 : 공주시내에 있는 산 이름

제3부

우주의 사랑 노래

망선루*望仙樓

골 깊은 뜨락에 고려 탯줄 숨을 쉰다
천년의 일월을 헤며 네 귀를 쫑긋 세워

청주의
노른자 품속에서
무궁화로 피어나네

그 날의 꿈을 싣고 온갖 시름 겪어가며
웅장한 주춧돌이 둥지 틀고 햇살 받아

새소리
야무지게 파고들어
공민왕을 우러른다

고려 빛 자국마다 돌부리 채이면서
살아온 뒤안길 비탈 옷을 누비면서

망선루
그리운 옛날 뿌리
눈에 모아 어린다

누각 속에 녹아 있는 슬기로운 말씀들이
세파 뚫고 혼을 쏟아 맑은 울음 물소리로

꽃내음
어우러지면서
이야기꽃 피운다

오고간 숨소리가 온누리를 헤쳐가고
망선루 봄의 소리 피톨들의 정다움이

솔향기
초록의 축제
손뼉 치며 일어선다

* 망선루 : 청주시 중앙공원에 있는 누정으로서 고려시대에 관아의 부속누
정임.

약천*정 藥泉亭

동해바다 풋풋내음 파도소리 은비늘이
끈질기게 이어오는 첩첩 일월 헤이면서

켜켜이
설레이는 가슴으로
파도뿌리 캐어본다

이조 하늘 세월 씻어 주춧돌에 올려놓고
날빛 별빛 뒤안길 이정표를 누비면서

처마 끝
휘모리 치며
북소리로 깨운다

영겁의 숨소리가 달빛 속에 어리고
산새 울음 담아내고 소슬바람 붙잡으며

큰 선비
넋이 어린 발자국
솔향기로 가득하네

망운봉望雲峰 부푼 가슴 온 누리를 헤쳐가고
마상천馬上川 봄의 소리 솟구치는 혈맥들이

맴돌다
용마루 틀며
무지개로 빗고 있다

약천정에 올라보니 구구절절 아흔 고개
아픔 딛고 둥지 틀어 망상望祥 고을 불씨 하나

그 모습
물들은 요람
이어오는 선비의 얼

* 약천 : 동해시 망상동 심곡 마을에 있으며, 이조 숙종 때의 약천 남구만 선
생을 추모하기 위하여 약천정을 1998년에 건립하였다.

추상 追想 1

눈망울에 잠재우는
억겁의 꿈결 속

번개로 다가오는
구구곡의 정수리

세월의
고랑을 잊고
비수로 일어난다

시리게 패인 계곡
내 안의 물소리

손끝에 깊은 동통
어둠 트는 몸짓들이

별들의
그리움으로
봇물 터져 흐른다

비단안개 골짜기에

은밀히 새겨놓은

눈물이 묻어나는
평생을 여민 터전

올올이
산울림으로
영혼을 달랜다

엮어온 꿈 얼을 빗듯
핏줄로 홈질하여

저녁놀 감싸 안고
가쁜 숨 몰아 쉰 채

하나로
시선을 모아
지평 위를 달린다

추상追想 2

맑은 하늘 바라보며
정을 틔는 오월이면

바람에 흔들리는
참나무 밤나무도

서로가
풋풋한 숨소리로
싹 틔우고 있었네

물기가 가슴으로
차오르는 오월이면

잔잔하게 일렁이는
깃을 세는 골짜기에

철쭉꽃
온몸 흔들며
불을 켜는 소백산

소스라쳐 마음 담아

불꽃산을 보노라면

가슴 저린 그 날 그 때
쏟아지는 눈물바다

살아온
시린 구비마다
피는 꽃도 있었네

모초 茅草

갈길이 없어도
허위적 발을 옮긴다

동서남북 칠흑 뚫어
미로의 지층 앙금진 세월

뼈마디
울음 앓던
여기가 바로 그 길

우주의 사랑노래 1
― 연꽃

일월의 세월 앞에
천사로 잉태하여

휘몰이에 더욱 곱고
장대비에 웃음 짓는

형형한
침묵하는 천기天機
자비로운
설법이네

우주의 사랑노래 2

― 청주 플라타너스 길의 사계四季

봄

아지랑이 긴 터널
청풍·명월 다사롭네

둥근달 숨소리가
가지마다 걸려 있고

태평가太平歌
가지런히
화음으로 움이 튼다

여름

장엄하게 우뚝 선
푸르름의 거리엔

따뜻한 바람 새소리
정겨웁게 결 다진다

싱그런
뭇 아름드리
그 생애를 누가 알랴

가을

햇빛 받아 살아온 삶
뼛속 깊이 우러르며

풍악 울려 춤을 추네
잡힐 듯이 뿌릴 듯이

세월에
날 지새우며
소망의 꿈 다져지네

겨울

그리움 깊어가는

천상천하 터널에는

날개를 퍼득이며
겨울 꽃은 흩날리고

청주 길
넓은 벌판에
열어 놓은 하얀 동굴

우주의 사랑노래 3
– 밝은 달

바람에 일렁이는
나무들의 행진곡

구름 따라 흘러가는
저 맑은 보름달

그 속에
어머니의 초상이
연꽃으로 다가온다

외로움 달래려고
나뭇잎과 대화하며

감미로운 눈길 주며
다사롭게 어루만져

귓전에
어머니 말씀
들리는 듯 머무네

설렘의 달빛이여
사유하는 순간이여

달은 어느새 나를 안고
중천에 떠올랐다

지금도
어머니 모습 그대로
보이는 듯 설레이네

파천황破天荒

하늘끝 뼈저리게
설레임으로 파닥이고

먹구름 헤쳐가며
열정으로 켜켜이 쌓아

저토록
하늘을 들어 올려
온누리가 들썩이네

손과 손 맞잡은 듯
핏줄 따라 조종하고

이승의 눈빛 끓는 열기
생사의 갈림 어데인가

내 안의
세월을 달구어
횃불 높이 밝힌다

대한민국 지도형 한자 애국가 단상

— 송원 백남연 작

올곧은 대나무로
청운의 꿈을 안고
먹물을 갈고 갈아
삭히는 안개 세월

홰치는
달 밝은 밤도
독서삼매 지새우네

애국하는 굳은 뿌리
걸어온 보람된 길

기름진 글소리로
바람도 비껴 가네

묵향에
무욕을 담아
옮겨 가는 붓놀림

동트는 동해바다

번져가는 메아리

님의 뜻 아로새겨
허리띠 조이면서

산과 들
푸르른 대화
맥박으로 속삭이네

노을빛 한세월
계절의 어깨 위로

어둠을 빗질하고
회오리를 사유하며

오늘도
온 누리의 사랑으로
금빛 강을 이루네

독도여, 우리 독도

백두산 대폭발로
분출된 용암은

독도 두 형제가
만백성의 달로 떴다

이 나라
지켜온 파수꾼
대한민국 지킴이다

한반도의 젖줄 속에
주춧돌로 굳게 다져

이 땅의 역사 속에
빛과 힘이 솟아난다

태극기
펄펄 날리는
이 나라의 기상이다

동해바다 아침이면

금빛살로 눈부시고

갈매기떼 짝을 찾아
온몸으로 포효하는

한반도
반만년 역사
천하를 평정한다

억겁의 세월 속에
사랑스런 우리 산하

온 누리 박동소리
태극혼을 지펴간다

푸른 꿈
불멸의 피, 눈물, 땀
하나 됨을 조율한다

암

가쁜 숨 몰아쉬며
썰고 또 썰어 내어

시시를 가리지 않고
몇 겁을 짓밟으며

유유히
흐르는 계곡
통나무로 산장 짓네

얼굴도 붉히지 안고
오솔길 딩굴면서

꽃들을 뽑아내고
금잔디도 헐어 내며

시린 몸
은밀한 곳에
잡초만을 가꾸네

옭 맺힌 여울목

앙칼지게 파고드는

꿈틀꿈틀 발 묻으며
끈질기게 맴돌다가

어디든
허우적거리며
못을 쾅쾅 박고 있다

아! 독도

한 점 엮어온
동해바다 부푼 생명

온 만년 이어오는
동쪽 먼 침묵으로

꽃 비늘
쪽빛 바람에
찬란했던 일월들

부풀어 푸른 꿈을
별을 보고 간직하며

실핏줄 가슴으로
안겨드는 송·수신선

내 영혼
물때 자락들이
성쇠를 지켜왔다

단군의 다스림이여

끝없는 너의 기상

장백의 운을 떠어
당당한 모습으로

웅장한
산악 골골이
단군의 아들이여

소리 없는 아우성
놀처럼 번져간다

미치도록 근심스러운
허망함을 지우면서

간절함
또 간절함으로
소녀의 기도 연주한다

시심詩心

시간의 흐름 따라
애틋한 남은 골목

때 묻은 지난 날을
거울 속에 비추이며

뼈마디
세월을 품고
돌아보는
푸른 시심

2월 2일
― 건강검진

하늘하늘 매화 꽃송이
춤을 추며 날아오네

온 세상 순수한 숨결
푸근하게 덮어 주네

행여나
누가 덜컹거릴까
가슴 조여
오는구나

허수아비

아직도 허허벌판
몽두난발 우뚝 서서

열 달을 허덕이며
시달리던 나의 모습

때 묻은
옷자락을
무심천에 헹궈낸다

오십 고개 때 묻혀온
가닥가닥 찌든 옷을

빗장 문을 열어놓고
고운 산색 그려보며

빈 벌판
햇살 속에서
소리 없이 추스린다

독버섯

태초의 광야를
썰고 또 밀어내어

끈질기게 맴돌다가
세월 두고 밟아가며

시린 몸
홍건한 습지에
생채기를 만들고

피멍든 동맥줄기
외로 앉은 어둔 산맥

날을 세운 버섯들이
뼛속까지 파고들어

산고의
은밀한 늪에
시리도록 번져가네

흥덕사지, 고인쇄박물관*에서

깨진 금구 사잇 길로
고려가 일어서고

천년의 일월을 헤쳐
눈수레를 굴려가며

양병산
구릉지 품속에서
연꽃으로 둥실 뜬다

그 날의 정釘소리에
땀 흘리며 빚어내는

야무지게 굽혀 있는
청록페달 고딕체가

새벽빛
줄기차게 펼치는
태조의 깊은 뿌리

백운화상白雲和尚 숨소리가

온 누리에 엉겨가고

살아 아픈 피톨들이
굽이굽이 흘러가면

무심천
차오르는 달이
온몸으로 감싸안네

쇳물 속에 녹아있는
슬기로운 말씀들이

지맥地脈속 세파 뚫고
흰 맨발로 윤회하며

푸고 또
푸면 솟아나는
깊고 깊은 우물이다

고려 빛 이고 메고
겹겹이 쌓아가며

또 다시 천년을 누벼갈
직지심체直指心體 말발굽 소리

우주를
헤매 돌면서
판소리로 다져간다

* 흥덕사지, 고인쇄박물관 : 청주시 양병산 밑에 있음

일몰 1

오 저기 불덩어리
하늘 뜻을 물들인다

나는 너를 너는 나를
눈빛 속의 황금빛이

그리움
그 모습으로
하염없이 사유한다

지난 세월 돌아보며
온 누리를 메아리로

섧은 길 비탈길을
차근히 밟아가며

모란꽃
다복한 곳으로
뜨거운 시 외우면서

정이품송 1

태초의 빛을 품고
치켜 올린 푸른 손은

온 누리 바람을 감고
품안에 끌어 안네

갈갈이
찢긴 세월에
검버섯 맺힌 주름살

그 누가 밀고 자른
오른 팔의 솔가지들

피멍든 가슴속을
깎고 썰고 다듬으며

그때의
생각 엉기울 땐
가던 구름 머무네

살 속을 파고드는

햇살을 반기면서

천년을 하루 같이
지켜온 침묵인데

머언 산
봉우리마다
봉화불이 치솟는다

산사에서 들려오는
은은한 예불소리

옹이진 한세월을
어렴풋이 돌아보며

먼 하늘
머리에 이고
일만 현을 뜯고 있다.

정이품송 2

이조 하늘 넋을 사뤄
이어오는 생명인가

상흔마다 소생하는
건장함을 떠받들고

어느 뉘
품에 안겨
늠름함의 기상인가

사랑의 반석 위에
가마행렬 다채롭다

천지간의 숨소리에
온 누리가 들썩이네

세포들
별빛 눈을 뜨는
세종왕의 미소인가

빗질하는 햇살들이

가지마다 걸려 있네

은은한 인경소리
인욕忍辱도 목숨 걸고

법주사
품고 있는
정이품송 충정인가

바람이 분다

발길을 머물러도
허공을 바라봐도

켜켜로 쌓였다가
싸늘하게 흩어지는

산등성
휘두르며
하늘 끝에 우는 것을

휘감기고 물결치는
그리 길게 달음질하며

내 안에 깊숙이
들어오는 거친 손길

광막한
소리가 되어
몸부림쳐 되 뇌임을

달뜨는 밤 하얀 얼굴

목이 자주 메이고

서걱이는 어깨 위에
기억들을 되물으며

그 언덕
서러운 사연을
빛을 심는 하늬바람

일몰 2

아 저기
불덩어리

후광 어린
한라봉 능금덩이

마지막
가는 길이

저리 곱게
펼쳐질까

고갯길
허물 다독이며
시린 가슴 여민다

제4부

개신동 화음

시조작時調作

하얀 달 구슬프게
솔가지에 걸어놓고

물안개 굽이굽이
휘감아 헤쳐 가며

보듬어
뼈마디 세워놓고
산울림도 우렁차네

한평생 길들여진
시조 시 새김질로

산처럼 강물처럼
깊은 골 추스르며

푸르고
가장 순수하게
큰 별로 잉태 했네

우거진 자국마다

화두로 일어나고

낭랑한 목소리로
먹구름도 날려 보내

오로지
시조 작은 3장 6구
정설로 주장 했네

비오나 눈이 오나
밤낮을 가리잔고

험궂은 그 길을
밟고 가신 그 자취

임의 뜻
기리면서 받들어
온 누리에 빛내리라

스승님 은혜

먼 하늘 그리다가
가슴은 밤이었네

학으로 걷는 임의
이 무슨 청천벽력

내 안에
깊으신 뜻
간절하게 닥아 오네

언 땅을 두둘이며
어둠을 씻어내던

물소리 바람소리
교정으로 젖어오고

묵정밭
걸어오신 길
열매 주렁 곱습니다

일월의 아린 가슴

온몸으로 안으시고

사랑으로 키워주신
알뜰한 우리들은

우암산
대들보 위에
싱그럽게 섰습니다

무심천 햇빛 비춰
유유한 그 모습은

스승님의 큰 사랑
높으신 기품인가

우러러
가슴속 깊이
추모의 정 새깁니다

그 길은

거센 바람 혼불 댕겨
세월을 훑으면서

손을 모아 틀을 짜고
황토 재 다져오던

한평생
하늘바라기로
눈을 뜨는 그 길은

굴려온 수레바퀴
켜켜로 누벼 꿰매

하염없이 비상하는
물새울음 날을 세워

저문해
노을 저쪽으로
달려가는 비탈길

우암*산 牛岩山

따스한 품안으로
청주를 감싸 안는

우직한 그대 모습
풍요로운 자태로

사계절
선의 경지로
마음 비워 살라한다

* 우암 : 충북 청주시 우암동에 있는 산

그 업적 길이길이 빛나리

― 고 박정섭 교수님 추모시

주홍빛 고운 노을
비단 같은 님의 마음

각인된 편린들이
숲으로 생생하네

오 석순石筍
돋는 아픔으로
우러르며 새깁니다

제자들의 가슴속에
가득한 임의 서정

방방곡곡 숲을 이뤄
온 누리를 감싸면서

평생에
쌓은 덕 얼이 어려
그리 크고 넓은 것을

아쉬운 정 남겨 두고
몸이야 가셨지만

개신 벌 곳곳에
임의 모습 서럽니다

가지 끝
사랑의 열매
세월 가면 더 고우리

지켜온 약학 발전
자랑스런 외길 인생

장학금 온몸까지
모두를 기증하신

어른의
그 후광 업적
더욱 환히 빛나네

뿌리 깊은 나무는

쓰러지지 않는다

제자들의 길잡이로
희망의 씨 뿌리신

임이여
이제는 극락정토에
명복을 누리소서

개신동 화음

개신 고을 깊은 숲길
발걸음 멈춘 자리

일월을 땀 흘리며
큰 산맥 이루려고

자줏빛
사랑 듬뿍 쏟는
활짝 여는 그 맥박

밤과 낮 가리잖고
풋풋한 가슴 열고

가끔씩 들려오는
청정한 새소리에

오로지
고운 싹 틔워 보려
갈고 닦는 그 열정

광야를 향하여

아픔 한 겹 벗겨내고

뼈마디 세워가며
바람도 비켜가는

화음에
숨 고르며
푸른 하늘 바라보네

보름달

저 달 속에 내가 있나
내 가슴에 저 달 품었나

사랑 듬뿍 깃들어 있는
밝은 달빛 출렁이네

내 안의
깊숙한 곳에
세월의 끈 무성하네

별빛

밤하늘의 별빛 정원
우러르며 바라본다

밤낮으로 오르면서
험한 고개 달려온 길

오늘도
언덕에 올라
저 큰 별의 무게 같은

천상의 소리

흐트러진 나뭇잎들
맴돌며 서성인 날

천왕문 굴레 속에
둥지 트는 울림으로

대웅전
우람한 메아리
범어사 범종소리

도요지 陶窯址

태고太古적 붉은 몸이
커켜로 감겨 오고

웃음 벙긋 손짓 따라
넋을 사뤄 담아 부어

백제의
뜨거운 눈길 찾아
쉬임없이 빚는다

하늘 향해 뛰는 맥박
가마 채워 지쳤는가

손길 저려 돌아보며
미어지는 가슴앓이

온몸에
식은 땀 흘리면서
눈물짓는 도요지

우주 속에 잿빛 울음

가쁜 숨 썰물 되어

굴렁쇠가 굴러가듯
또 천년은 흘러 간 뒤

가마 속
후끈한 불꽃 지펴
정수리로 일어선다

단군의 혈맥으로
뜨겁게 달구어온

황토 빛 서정으로
끈질기게 새기면서

톡 톡 톡
영혼의 그 울림을
세월 두고 빚는다

바르셀로나 이야기

점화대의 큰 불길이
함성으로 타 오르며

옹이 박힌 세월들을
강물 깊이 잠재우던

아! 그 날
번져만 가는
바르셀로나 이야기

접었던 깃을 펴며
생선으로 퍼덕이던

일만 굽이 오색물결
번득이는 모습으로

먼 하늘
머리에 얹고
끝도 없이 달리리라

단풍을 보며

황홀한
설레임으로

무심코
다다른 발길

불타는
저 숨소리가

물결 이뤄
손 흔들며

내 안에
안겨 오는

용광로의
불꽃들

사랑
― 동천 홍문표 박사님 회갑을 축하드리며

솔바람 이는 대로
새소리 들려 오네

덧칠 없는 꿈 나래가
봄 햇살에 달아올라

층층이
길을 열면서
비둘기떼 날개 치네

삶의 몸짓 긴 여정
임 그리며 뒤척이다

일월의 안개 속을
헤쳐가며 여민 터전

끈질긴
주춧돌 이야기
홰를 치며 품는가

몸살 앓는 지상무대
날줄 씨줄 다져가며

자국마다 새순 하나
초록빛 큰 산 되어

가슴속
깊은 골짜기 따라
불심지가 타고 있네

이른 봄 문턱에서
꽃이 피고 잎이 돋고

볕이 밝은 눈높이에
깊은 주름 그 땀방울

빠알간
장미꽃 잎이
심장 위에 겹치네

그날의 바람소리

온 몸으로 잠재우고

숨 가쁘게 뛰다 보면
잉태하는 둥근달을

영원한
탑으로 쌓아
노을로 번져가리

낙화암

부소산 굽이굽이
백제의 그날들이

거닐던 자국마다
눈물방울 엉겨 있고

치솟은
바위 둘레가
궁녀들로 얼룩졌네

그 많은 낮과 밤을
백마강이 흐르다가

진달래 꽃잎들이
물결 위에 떨어지면

파랗던
강물 자락도
핏빛으로 물이 드네

맷돌

황토 빛 웃음 끝에
먹구름이 지나간다

문풍지로 떨며 오는
꽃바람 속삭이며

달려온
수레바퀴
뱅 뱅 뱅 따라 돈다

눈짓 손짓 바쁜 걸음
스쳐가는 살과 살

장지 문틈 뚫고 오는
둥근달도 따라 돈다

송 송 송
솟는 핏발들로
너와 내가 빚는 촉燭

저 소리

아! 내 가슴속
여울지는

마법의 소리
천사의 소리

밤하늘
징검다리

반짝이는
옥구슬 소리

아 그대
분명 저 소리는
온 누리 울리는
타종소리

삶

한평생 닳고 닳은
일월을 새김질로

눈썹마다 신경 돋아
아린 멍에 덧씌워져

눈물로
달빛 퍼 올리며
깊은 골 추스린다

뼈마디 세워지는
허기의 몸살 앓고

얼레 줄로 돌돌 말아
언덕 빼기 안고 돌며

마음속
얼며 부풀며
작은 씨앗 보듬는다

청보리 무늬 번져

산 높이로 헐덕이며

바람은 청솔바람
대숲에 와 머물고

피톨들
서산에 멈춰서면
한줌 흙이 아닌가

겨울 바다에서

햇살에 부서지는
싱싱한 비늘들이

추락하는 신음소리
모래알에 얼비치며

시린 몸
지느러미 틀며
토해내는 은어떼

숫구쳐 올라오는
해초들의 관병식

날선 칼 입에 물고
가닥가닥 풀린 머리

세월에
쓸리고 쓸려
방황하는 서러움

만남도 허물음도

뒤엉킨 실타랜가

뒹굴며 덧니 물린
잉태하는 숨결소리

끝없이
떨리는 가슴으로
서성대는 긴 여정

그 시절

천 구백
육십년대

새록새록
그 시절

진달래꽃
만발했지만

아픔으로
다가오는

각인된
그 시절의 편린
가슴으로 아려온다

촛불

바람 불면 부는 대로
끓으면서 뼈를 세운

가슴속을 헤집으며
부딪치며 타오르는

그 모습
돌고 돌아
빛이 되게 하겠는가

줄기차게 솟구치는
타오르는 평화의 꽃

내 기억의 여백에다
꿈의 빛깔 만발 할손

은밀히
설레이는 모습
하나 되어 흐르는가

어둠의 이 한밤을

내려앉은 길목에서

내 생명 무게만한
꽃잎의 빛깔들로

끝없이
갈무리 되어
영원토록 열리는가

베네치아

은비늘 물결 따라
콘돌라 누벼 돈다

붉은 지붕 하얀 담장
돌다리로 오고가는

빛과 물
시간 속 흐르면서
긴 역사 유유하다

푸른 얼굴 노 저으며
새 한 마리 비상하는

교향곡으로 연주하는
베네치아 긴 여정

아 진정
내려 쪼이는 빛
천국이 따로 있겠는가

시작詩作

저 먼 산허리에
바림 안개 피던 날

몇 겹의 땅을 밟아
옹이 맺힌 결을 찾아

얼레 줄
풀면서
온몸으로 다가선다

뒤돌아 어지럼증
긴 여정 시달림으로

지팡이를 짚고 서면
절정에서 피겠는가

한켠 숲
일렁이는 숨소리
정수리가 후꾼한다

광막한 벌판에

한 마리 새 날고 있네

옹골차게 아우성치며
냉가슴 열리는 날

저만치
여백의 길을 열어
웃고 있는 저 옹이

단풍

후다다닥 그 소리에
벼랑 위를 처다보면

이파리들의 숨소리가
산허리에 걸려있고

고운 잎
바람을 타고
옷자락에 젖어오네

고운빛깔 정을 풀어
에워도는 교향악

후회 없이 타오르며
해인海印의향 설레어라

빛접고
드론을 타며
온누리 무장 수를 놓네

산촌의 풀꽃

두메산골 빈 집터에
햇살은 쏟아지고

옹기종기 벙글면서
웃음꽃을 띄우고

오롯이
핏줄 이어가며
산촌 하늘 지키잔다

불멸不滅

뜨락을 서성이며
초심 잡는 바람 일고

우암산 녹음 앞섶
관음사 풍경소리

살아온
사연인 듯
달빛은 은은하고

멀고 먼 그대의 눈빛
그리움을 뒤로하고

쏟아지는 은하수
별빛 경전 읽으면서

아직도
선연한 자리
정수리를 넘나든다

산새들 지저귐에

흘러흘러 넘는 고비

피안을 오고 가는
매화향 숭어리들

묻어둔
뒤안길엔
수런대는 사연들이

세상 온통 캄캄하고
통증으로 밤을 새도

클래식 왈츠곡에
자분자분 다가오는

또다시
가려는 길에
옷깃 여며 채비하네

고운이
― 월화감

감나무
가지 끝
가을 햇살
푸근하다

햇볕 문
매미 화음
시리도록
영혼 빚네

황혼녘
온 누리 창공
등불 밝힌
저
나
눔

그대

그리움이 깊어지면
먼 산을 바라본다

시간의 깊이만큼
아득한 먼 그곳

가슴속
숨 가쁜 일상
둥지 찾아 헤매인다

물소리가 그리워서
패인 계곡 따라가고

유창한 새소리에
능선 따라 밟으면서

가시밭
헤매들면
그대와 해후될까

나뭇가지 걸려 있는

저녁나절 하얀 달도

끈질긴 어둠을 사뤄
밤하늘 밝게 뜨는

내 안의
꿈속의 시간
그대 그리움 하나

흑백사진

보듬어 씻어주던
그 눈빛 하나로

아들 둘 딸 셋을
채워주고 안겨주며

까맣게
타들어가는
숨 가쁜 세월이네

행주치마 챙겨 입고
끈끈하게 길을 트며

저 하늘의 별빛 따라
몸서리치게 걷다보면

우물가
백일홍 꽃이
불길처럼 피겠지요

산맥으로 이어온

그 옛날 흑백사진

산과 같고 바다 같은
부모님의 따슨 핏줄

가끔은
흐려지려는
뿌리를 다독인다

노익장老益壯 여사女士의 첫 외출

　김선옥 시인은 팔방미인이어서 웬만한 인생사에 두루두루 달통達通해 있다. 그 힘으로 오늘도 여전히 노익장老益壯임을 확인해주고 있는 분이다. 팔순이 지척인데도 문학에 대한 열정이 식을 줄 모르고, 가녀린 것 같으면서도 끈질긴 감수성과 기질로 나날이 스스로를 아름답게 확장시키고 있다. 한마디로 요약하면 '여사女士'다.

　대부분의 사람들은 70줄에 들어서면 인생을 정리하려 드는 게 보통이다. 그런데 김선옥 시인은 그 황혼기에 박사논문을 완성했다. 70을 넘긴 나이에 박사학위를 받는, 남다른 이 분을 두고 매스컴에서 수차례 찬사의 글을 실었던 것이 불과 몇 해 전 일이다.

　김선옥 시인은 남다르게 문학의 힘을 믿는 사람이다. 시 한 편이 사람을 살릴 수도 있다고 확신할 정도다. 글을 쓰고 읽는 인연으로 이 사회가 아주 건강해질 수 있다는 생각을 여전히 강하게 주장하고 있는 분이다. 평생 약국을 경영하며 아픈 사람들에게 조제를 해주는 일을 해왔지만, 약보다 문학작품의 효용을 더 믿는 사람임에 틀림없다. 어쩌면 이 분은 아픈 이들에게 시심詩心을 덤으로 주었을 것이다.

이번에 상재上梓하는『어머니의 향기』는 등단한 지 이십년만에의 첫 시조집인데, 꼭 100편이 실려 있다. 취사선택한 것이 이 정도일진대, 그동안 생산해낸 작품은 헤아릴 수도 없을 것이다. 한 권 분량의 시집을 창작하기 위해서는 실로 대단한 열정과 끈기가 요구된다는 것을 웬만한 사람은 잘 알고 있을 것이다. 시인이 제 나름대로 완성된 작품을 묶어 책으로 내놓는다는 것은 아주 큰 기쁨이자 동시에 모험도 된다. 한 권 분량의 시들을 생산하는데 들이는 일체의 공력은, 뱃속에서 아기를 기르고 산통을 겪으며 낳는 것에 못지않은 것이어서 크나큰 기쁨임에 틀림없다. 그러나 작품집이 독자들에게 전달되면서 '몰이해'라는 장벽을 넘어서야 하기 때문에 모험이 될 수도 있다. 정신단련에 관심이 덜한 사람들에게 시나 시조는 여전히 삶에 유용하고 절실한 수단으로 여겨지지 않기 때문이다.

김선옥의 작품집에서 가장 독특한 것은 단연 시조형식에 대한 실험이다. 여기는 그야말로 다양한 시조형식의 경연장이 되었다. 대단한 용기라고 할 수 있는데, 이것은 시인이 성취한 박사학위 논문에서 비롯되었다. 「가람과 노산 시조의 비교 연구」에서 시인은 한국의 근현대시조문학의 형식과 내용에 대한 연구를 섬세하게 한 바, 여기서 자신의 창작신념을 새롭게 깨우쳤을 것이다.

누가 뭐래도 시조는 정형시의 형태를 지닌다. 그래서 일정한 '틀'을 시정신의 우선으로 삼는다고 할 것이다. 문제는 형식의 제약을 그대로 답습해서는 시조라는 장르의 진화가 될 수 없다는 점이다. 그래서 각성된 작가정신은 정형의 틀에서 최대한의 자유정신을 확대하려고 노력해왔다. 이은상이나 이병기를 비롯한 많은 훌륭한 작가들의 노력에 힘입어 시조는 오늘날 '필요한 최소'의 형태적 제약을 유지하고 있다. 현대자유시에서 '자유'가 어디로부터의 자유인지 아주 작은 명분을 제공하고 있는 셈이다.

김선옥 시인의 형태적 실험정신도 여기에 맥을 대고 있는 것이다. 백 편의 시조들이 모두 형태적 실험에 참여하고 있다고 보아야 한다. 정형시에 더욱 많은 자유를 주기 위한 노력이다. 그러니 현대시와 현대시조를 굳이 명확하게 경계 짓지 않아도 될 일이다. 두 영역이 매우 자유롭게 넘나들 수 있는 것이다. 한쪽은 '형태 속의 자유'를, 다른 한쪽은 '자유 속의 형태'를 창조하게 된다. 김선옥의 작품들이 기여하고 있는 부분이 이것이다.

김선옥 시인의 작품집에서 나타난 주제는 다양하다. 자연친화적인 것이 지배적인 것 같지만, 그 속에는 인간이나 인공이 잘 융합하고 있다. 개인적인 각성이 있는가 하면 역사적이고 민족적인 성찰도 적지 않다. 대의명분을 표현하는 시들까지 곁들어 있는 것을 보면, 시인의 시정신이 '시약詩弱'에 빠져 있지 않다는 것을 알게 된다. 이것만 해도 절반의 성공은 이미 확보하는 셈이다. 특히 여류시인의 경우가 그렇다.

어머니에 대한 시인의 애정은 각별하다. 대표작품 격인 '어머니의 향기'로 시조집 제목을 삼은 것만 봐도 알 수 있다. 「어머니의 쪽」, 「그리움」, 「어머니 사랑합니다」, 「봄편지」, 「오월」, 「양송원 진달래꽃」, 「어머니」, 「따뜻한 가슴 정 1」, 「어머니의 향기」, 「우주의 사랑 3」들이 모두 어머니를 기리는 작품들이다. 특히 「어머니의 향기」는 가장 긴 호흡으로 전개되는 글이면서,

곳곳에서 만나는 가슴 뭉클한 표현들이 읽는 사람을 감동으로 이끈다.

> … // 깊이깊이 뿌리박은 / 당신의 가슴 밭 // 한결같은 세월 앞에 / 성스런 그 모습이 // 겹겹이 감겨진 사랑 줄 / 한 몸으로 일어난다 // 티 없는 당신 모습 / 뻐꾹새로 날아와 // 한동안 밤을 새며 / 도란도란 삶의 벌판 // 아릿한 불꽃 체취로 / 싱그럽게 일렁인다 // …

어머니의 사랑을 이렇게 상쾌하고도 재치 있게 표현하기가 쉽겠는가. 어머니와 이 세상을 얼마나 오랫동안, 그리고 진지하고 끈질기게 성찰해야 가능할 것인가. 예사롭지 않은 시인의 정신력 덕분이다. 모정의 힘이 얼마나 대단한 것인가를 잘 깨우쳐 주는 작품이다.

어머니의 사랑을 위주로 하였지만, 그렇다고 아버지를 기리는 노래가 전무한 것은 아니다. 「아버지의 기도」에서 보듯이, 아버지의 사랑에 대해서도 얼마나 간절한 그리움을 표현하고 있는가. '아버지 공은 천 년이고, 어머니 공은 만 년'이라는 속담이 있듯이, 아버지에 대한 노래는 이 한 편으로 족하다고 할 것이다. 여하튼 부모를 기리는 시인의 마음, 그리고 그 애절한 표현은 독자들을 새롭게 각성시킬 것임에 틀림없다.

자연에 대한 시인의 관심과 시로 육화肉化하는 능력은 대단하다. 때로는 아주 전통적인 율격으로 자연을 요약하는 솜씨가 산뜻하다. 「이른 봄」이란 작품을 보면, '자욱한 / 안개 사이 / 영롱한 빛 가득하네 // 눈길이 / 닿는 곳마다 / 푸른 화음 일렁이며 // 창밖엔 / 따스한 남풍이 / 간지럼을 / 피는구나' 하는 것이 전부인데 얼마나 간결하고 경쾌한가.

자연에 대한 이러한 인식을 바탕으로, 우리들 삶의 역사와 도리를 은근히 암시하여 설득하는 표정은 참으로 격조가 높다.

오늘의 눈높이로 / 모든 것 감싸 안는 // 밟히거나 치박거나 / 모질게도 삭힌 나날 // 한평생 / 깊은 마음으로 / 그릇되어 살라 한다 // 천지연 혈통 따라 / 파랗게 길을 트고 // 바람 불어 얇고 가도 / 단군의 정을 싸며 / 올올이 천년 꿈 모아 / 홰를 치며 살라 한다 // 어둠속을 빗질하는 / 엮어 온 꿈 다층석탑 // 장대비 몰아쳐도 / 끈질기게 다져가며 // 언제나 / 실핏줄 감도는 / 강물 되어 살라 한다 ///

「우리」라는 작품이다. 인간세계와 역사, 그리고 자연을 융합하여 우리 삶의 당위성과 도리道理를 차분히도 하소연하고 있다. 이런 경지는 시인처럼 오랫동안 개인의 역사를 끈질기게 성찰하고 결을 삭히고서야 이르는 절정인 것이다. 시인의 정신 속에서는 거대한 대의명분도 결코 생경하게 남지 않는 묘약 처방이 있는 셈이다. 이런 정서는 시인의 작품 거의 전체에서 느낄 수 있다.

시인은 시조시인으로서 자신의 신념을 굳게 내비치는 작품을 쓰기도 하였다. 「꿈길」과 「시조작時調作」이 그것들이다. '시조시인의 길'이라는 부제가 달린 「꿈길」에서는 가슴 속에 숨어 살던 불씨 하나가 평생의 업이 되어 있음을 내비치고, 새김질처럼 그 마음 다독거리며 가야 할 길로 작정하고 있다. 「시조작時調作」에서는, '한평생 길들여진 / 시조 시 새김질로 // …… // 임의 뜻 / 기리면서 받들어 / 온 누리에 빛내리라' 결연히 선언

한다. '임의 뜻'이란 근현대 시조의 거성巨星들이다. 시인의 본업이 사실상 시나 시조였음을 여기서 내보인다.

가슴속 작은 불씨를 품어 언어를 되새김질 하는 우직한 소의 행보가 연상된다. '집념이 귀신을 만든다'는 속담처럼, 시업詩業으로 도통하리라 믿어진다. '사이후이死而後已'라는 말처럼 죽고서야 그만두는, 그러니까 죽기 전까지는 매진하는 행복한 업이 될 것이 확실하다.

김선옥 시인의 첫 시조집인 『어머니의 향기』가 발간된 것을 매우 기쁘게 생각하며, 주위 많은 사람들에게 격려와 찬사의 말씀을 끝없이 들어야 마땅하다고 생각한다. 끊임없이 자신의 정신세계를 구축해가는 생산적 노익장을 보기가 지극히 드물기 때문일 것이다.

이젠 정말로 나이를 잊으시라. 그리고 지금 살고 있는 대로 그렇게 박차를 더욱 가하시라. 그러면 육체도, 작품도 훨씬 젊어지리다. 더 큰 기대를 하며 다음 작품집을 고대합니다.

정 종 진
청주대학교 교수. 문학평론가

어머니의 향기

초판 1쇄 인쇄 · 2016년 01월 22일
초판 1쇄 발행 · 2016년 01월 29일

지은이 | 김선옥
펴낸이 | 지현구
펴낸곳 | 태학사
등 록 | 제406-2006-00008호
주 소 | 경기도 파주시 광인사길 223
전 화 | (031)955-7580~2(마케팅부) · 955-7585~90(편집부)
전 송 | (031)955-0910

전자우편 | thaehak4@chol.com
홈페이지 | www.thaehaksa.com
페이스북 | www.facebook.com/thaehak4
트위터 | www.twitter.com/thaehak4
인스타그램 | www.instagram.com/thaehak4/
카카오톡 플러스친구 | 태학사

값은 뒤표지에 있습니다.
ISBN 978-89-5966-737-6 (03810)